句集

鑑真

宮坂静生

本阿弥書店

句集　鑑真＊目次

Ⅰ　能　登　二〇一九年……5

Ⅱ　松代地下壕　二〇二〇年……19

Ⅲ　静かな大地《アイヌモシリ》再訪　二〇二一年……89

Ⅳ　鑑　真　二〇二二年……127

Ⅴ　大江健三郎追想　二〇二三年……177

あとがき……214

初句索引……216

装画・いせひでこ
装幀
題字・宮坂静生

句集

鑑真

がんじん

I 能登

二〇一九年

能登　六句

南風《はえ》にのる鳶の失速繰り返し

祖霊守る間垣ぐらしの暮れかぬる

間垣内鰒卵巣の三日干し

射撃音消え内灘の蔓荊《ばかのはな》

夏の日に骸《むくろ》のごとし塩づくり

真葛原宥さず荒地瓜覆ふ

狂ひたる荏胡麻叩きに狂ひたり

落鮎の腸食べ友はホスピスへ

高山蝶研究家讃　四句

山行の田淵行男のランタンよ

大雪山のタカネヒカゲにひと世賭け

ケルン夕焼山鳥はみんな自死

いくたびも羽音に切られ枯れ深し

長野市長沼　四句

天へのぼる梯子があらず秋出水

冷まじや家の中まで千曲川

目鼻なき泥に嵌められ林檎園

神鏡も梟の巣も流されし

旻《びん》天《てん》や大杉榮一縷の身

番町の藪蚊攻めなり百閒居

木犀の香の溜りたる厠神

漱石居　二句

漱石の顔大尽やブロッコリー

傍らに火鉢書斎は墓場めき

Ⅱ　松代地下壕

二〇二〇年

東京に宿木少な初閻魔

孫文をかくまひ日比谷枯木宿

もう淑気放つことなき大樗

木のこころ根が抱きかかへ春隣

日が永し海鼠の触手からみ合ひ

上原良司へ

ゆりの木の花殻捧ぐ空の奥

藁馬の歓喜を知らず事八日

お八日の大き足《あし》半《なか》宙に掛け

とつときの腰を使ひて野火叩く

松本牛伏寺川水路　六句

春濤になるとも知らず山の水

浅春や山のフランス式水路

出《で》熊《ぐま》穴《あな》水の赤ちゃんぽこんぽん

山笑ふ水の笑ふといふことも

つちふるや積《せき》苗《びよう》工《こう》は砂防の名

百千鳥ほどの水音牧の寺

園原　八句

老残の檜や春の園《その》原《はら》は

土塊の蛙媾合《まぐわい》紅蓮なす
いのちはも蛙《かわず》軍《いくさ》の水ねばる

山《やま》賤《がつ》の長者屋敷やゐもりの巣

風音をゐもりの耳がよろこぶよ

猪《しし》罠《わな》がひらき満蒙忘れ得ず

雪代や亡骸の目をつぶらざる

誰彼の忌や春水に手を浸し

墳丘を並べて甲斐や桃の花

草取りの帽の鍔《つば》立て笊ケ岳

コロナウイルス蓑虫の春装で

悼・ナチュラリスト

森番C・W・ニコル新玉葱はよき出来ぞ

霓《にじ》といふ兜太が贈りくるもの

北安曇小谷《おたり》村　六句

電柱も根開きの水上げてゐる

この谷のもぐら暮しやちやんまいろ

ちゃんまいろ＝蕗の薹

口中はほとけの住処いたち草

刈敷やつぐらに赤子据ゑ置かれ

蛇とんぼ仏間ひとつが山の家

むささびの巣穴有感地震百

その前に植樹し宇宙飛行士は
国策として満洲の落し文

ぎしぎしやむかし郵便友の会

師系とや植田の隅に余り苗

夏念仏乾燥剤に水溜まる

叩かれてバナナはみんなほとけさま

コロナ禍に薄翅蜉蝣よりみじめ

コーランを愛誦宵はうけら焼き

マスクメロンの深部に井筒俊彦ゐ

クリムトもシーレも世紀末の汗疹《あせも》

クープラン流れ螺旋の茅《ち》海《ぬ》の店

次男等と

空港へ一夜穴場の穴子鮓

星糞峠　七句

星糞のつるつる走り諸のころ

寝冷えすな星糞峠越えてきし

石を切る一夏の行に入りたる

石割れば烈火ひねもす葛布織り

売りものの鍬形疲れゐたりけり

沢くるみ房の七つ子嘴を持つ

黄昏はもう撫子の花の裂れ
木をよぎり懸巣一瞬木の擒《とりこ》

松代地下壕―戦後七十五年　二十四句

1　地下壕探訪

八月の坑《あな》立ち上がる影無数

地下壕の鑿《さく》岩《がん》狂ひたる夏は

地下壕の滴り闇を穿ち抜き
象山地下壕蝙蝠が知り尽し

地下壕を穿ちし露の硐《ずり》捨場

硐＝掘り出された岩石片

精霊ばつた硐《ずり》山《やま》に血のにほひ

硐山を恋しと去らず禰宜《おかんぬし》

禰宜＝きちきちばったの俗称

硐山に佇ち夕焼のわれも硐

なんといふ昏さ国体護持と蝉

御座所とはかくや天鵞絨《びろーど》毛蕊花《もうずいか》

蟭《しょう》螟《めい》や大本営の跡はここ

魘《うなさ》る、寒暑百夜の硝搬び

なでしこや裸の碍《がい》子《し》風に揺れ

短夜の発破轟音死にとうて

2　語り部と少年の日

語り部崔《チエ》小《ソ》岩《アム》

牛屠り高粱飯をしのぎきし
飯場とて三角兵舎蓮田中

チエ・ソアム逝く

優曇華の生み立て白き風吹いて

わが少年の日　七句

屑やお払ひ芥子の実も密造も

どぶろくと朝鮮飴や友が消え

滑《すべり》莧《ひゆ》半島とわれ蔑まず

かなしきは母の火傷に泥鰌張り

どくろ描かれ鼠占地の瓶の蓋

結びとて海苔一枚のちからかな

ちちははの仲よきころのしゃぼん玉

傘寿とて緑陰力の身につきし
髪洗ふ間この世を抜けてゐし

瀧壺の夜は火柱を噴き上げむ

泡盛や石は真中に火を隠し

草を踏むすぐ蛇を踏む思ひ

経文を唱へてゐるよ蟻地獄

生きてゐるかぎり藪蚊とかかはれる

地に蚯蚓殖ゆなまぬるき風が吹き

芋虫をとつさに殺意真紅《まくれない》

少年期米搗虫に育まれ

二化螟虫透明な世はなかりけり

天牛のコロナウイルス截る構へ

優曇華や巫《かんなぎ》鑚火もて祓ふ

邯鄲やソファーの革の湯拭きしつ

切岸を伝ひ来盆の黒揚羽

蟻蠓をふりかぶるには齢とりし

満蒙に往かずざざ虫捕に生く

綿虫のとびくるいつも崖つぷち

仲良くもわるくもなくて鰯食ぶ

鱧食べてもののあはれがつきすぎし

畏友たむらちせい

九《く》万《ま》疋《びき》をつつきちせいと雲の中

九万疋＝鰘《しいら》の異称

馬術とは秋水に添ひ行くごとし

体内の紡錘廻す秋の馬

忘るまじひもじきときの山の色

帰るべき夢を持たざり花火殻

棗煮てどこかに母が待ちゐたり

祝・山田真砂年「稲」創刊

銀河系からの水引き今年米

「夏爐」八五〇号讃

爐火継ぎてみしやぐじさまを讃へたる

みしやぐじ＝諏訪の土着神

サーカスの象逃げ劫火なる夕焼

栗は踊子タイツのごとき網袋

うそ寒き首より上が人の顔

悼・高山の大老住《すみ》斗《と》南子《なんし》

篠笛をきかせ芙蓉の実をふやす

悼・佐藤健

ひとり手をかけし寒露の白襖

黄落や自死の三島が通せんぼ

眼裏の白きに秋の魂棲むか

罌粟種子をあの世この世の間《あい》に蒔く

いくたびも虹を狩らむと信夫翁《あほうどり》

うしろから列車くる音憂国忌

善光寺境内　二句

墓碑銘の特攻兵はみな小鳥

堂照坊落葉包みを二つ置き

掃溜菊国防色と呟くよ

はじめての炊飯

新米が炊けて泣き出す一年生

わが心のイスタンブール

大根車押して月夜のガラタ橋

実を落し尽し樒山母のごと

枯山といはず十一月の山

枯るるとは根を鍛へよといふことか

栗鼠や鼯鼠《むささび》風つくる研究所

呱々の声あげ白鳥の初飛来

冥界はあらず八丁潜《むぐ》り浮き

冬が来る美食の友がニーチェ好き

蔵を引く五《ご》郎《ろ》太《た》素直や冬かすみ

冬至　二句

冬至粥目玉を押して収めけり

わが地球柚子の金星湯を廻り

小諸まで雲を摑みに枯木晴

運転手たえず指差し開戦日

Ⅲ

静かな大地《アイヌモシリ》再訪

二〇二一年

臼つくる手斧《ちょうな》さばきの初仕事

臼になりかけの丸太へ俘虜の冬

シベリア帰り百瀬石涛子

伊勢海老の天地開闢知り尽し

波のむた八十余年狂ひ凧

藺団子ひとつひとつに歔欷のこゑ

鞁の拇《お》指《ゆび》が親の棲み処かも

雪嶺にぺしやんこにされ朝な朝な
頭を撫でて逝くひとおくる花の内

書痴二月書淫三月四月馬鹿

節分の夜の深空に人だかり

立春を迎ふる杭の五六本

静《アイヌモシリ》かな大地再訪　十一句

靺《まつ》鞨《かつ》へ白鳥の発つ虚空かな

枯虎杖《かれどぐい》背負ひ上げたる鮭番屋
いのちはも家《チセ》の屋根裏萱編まれ

静かな大地《アイヌモシリ》魂より著き雪解星

イオマンテすみたるチセの温《ぬく》としよ

紡ぎ織りおひょうの樹皮の春衣

アイヌ葱青《あお》人《ひと》草《くさ》はかなしき語

初剃の赤子のつむり蕗の薹《マカヨ》とて

蝦夷梟ホーレホーレと舟唄か

蛇シューシュー鴉ホワホワ神《かみ》謡《うたい》

ユーカラの知《ち》里《り》幸《ゆき》恵《え》よ火の神忌

火の神忌＝九月十八日

六十年ぶり曾遊の地―浅間山麓大日向拓地　八句

わが遍路結願ここに大日向

痩拓地死者の拓きし泉の辺

満蒙の孩子・童子へ蝶乱舞

徂きし子へ拓地楤の芽みな黄金

霾天に疾駆の野馬を置いてきし
故旧消え春の浅間山の胎動す

牡丹江生まれのなかにし礼に

なかにし礼よ姥百合の実殻鳴り

鎖もてしばりあげたる花の幹

かなしみや菠薐草の胡麻よごし

春宵に亡き子ばかりが飴屋にゐ

テーブルにMASK INN置き春の地震

押し絵雛花魁の身の糸のごと

名取市閖上　二句

春濤の崩るゝけものの口ひらき

経文の一字一石春怒濤

貎鳥や飯島晴子死後永し

熊本の真弓ぼたんへ

アマビヱの団扇飾るもコロナ冷え

はじめから失恋してる葱坊主
葱坊主妖怪を率《い》てガザへ発つ

世界中遺児孤児麦の禾乾く

氷下魚焼きわれも流浪の民の裔《すえ》

茄だる指揮者バーンスタイン青樹海

悼・柏田浪雅

リスボンの日焼夕焼朋のもの

早《さ》降《お》り日の飯噴き上がる佐久平

早降り日＝田植始めの神祭

朴は花捧ぐ戴帽式はいま

母の日やかくしかくしにナフタリン

納沙布《のさつぷ》へ吹かれに行かな花さびた

緑陰やふうはりと網かけらるる
樹木葬とは緑陰のひと眠り

団扇撒き鑑真廟の風あらた

山があり梅蕙草に寝ねし夜は

道元の書を曝し夜も火照りゐる

菩提寺龍洞院南山道人猊下第八十世永平寺貫主に

滴りの樹海支ふる明珠かな

百寿まで夢を追ひきて木の実独楽

藤岡筑邨頌

家の中くもの糸飛ぶ山の盆

片蔭に入りし故旧の還らざり

広島へ行く一輌はみんな螽蟖

耳治療

これからは鳴かざる虫と親《しん》炙《せき》に
人間に理想のありし崩れ簗

鳥の絵の裏側いまも霧攻めに
玄関に蔓来パラリンピック了り

ドイツへ帰りし娘と子に

故国まで捨てしにあらず雁は

悼・色川大吉

牛蒡掘り読みつぐ『明治精神史』

「MINAMATA」のエンドロールの氷雨かな

未来より明日へ酢橘を絞りたる

目を瞑り開くに泥む神無月

零余子童子飯に抱かれて炊きあがる

悼・東郁子さん（明雅夫人）百一歳

ふるさとの千灯籠へ帰りゆき
逝きし子の柱の中にゐる小春

柳宗悦民藝百年

木喰の瞑目の笑みいよよ冬

Ⅳ 鑑真

二〇二二年

鑑真　二十七句

東征伝絵巻読初め読納め

初明り鑑真和上まのあたり

船《ふな》暈《よい》の骨牌《カルタ》のごとくばらまかれ
海ゆかば海の藻屑のほんだはら

水光の刹那《クシヤナ》刹那《クシヤナ》に鮫が跳び
わが賭してなに護りゐる台風裡

海水に骨あり羣《ぐん》鳥《ちよう》羞《しゆう》を養《やしな》ふよ

わが死後の南《な》無《む》毘《び》盧《る》舍《しや》那《な》仏《ぶつ》善《う》知《と》鳥《う》啼く

坊津秋妻屋浦《あきめやうら》

二《にん》月《がち》風《かじ》廻《まーい》鑑真の漂着し

慟哭に涙はいらず浜《はま》万年青《おもと》

鑑真に憑きし蟭《しょう》螟《めい》忽と死す

流木の骨《こつ》より白しはぐれ鷹

御僧の底《そこ》翳《ひ》授かる月あかり

たまきはるいのち真《ま》埴《はに》や露の玉

深海に坐りいくたび年の宿

東山魁夷描く唐招提寺御影堂障壁画をみる　七句

岩礁の黙冬濤の狂ひをり

鑑真のふるさと

揚州の母なる柳噎びたる

薫風に道といふものありにけり

灘江漁火鵜飼の火より幼かり

障壁画瀧の遠音の籠りをる

風音の煮つめられたる秋の瀧

桂林の月とて手鞠つくごとし

鑑真も空海もゐる月の中

和上像

冬麗の普し瞼あたためむ

金堂の鴟尾に芽ぶきがうながされ

唐招提寺

うちは撒き蚊取線香売つてをり

招提寺真緒のすすきみな墓標

今年酒湛ふる蔵へ鸛《こうのとり》

悼・嵯峨野の庵主

寂聴の九十九年や蕪蒸

さようなら有馬朗人さん　三句

十一月晦日《みそか》献花のつもりゆく

胡蝶蘭供華に蕾のなかりけり

銀河系宇宙の果へ鷹渡る

中村哲を思い

哲さんのこと獅子唐の葉を煮つめ

鉄材を擲《なげう》つパール・ハーバー忌

雪吊の尖は一番星にまで

爪死んで生まれ替はるや六日年

前頭葉石化はじまりゐて冷た

大戸閉むる音より氷りはじめたる

山国の茜血走る厳冬へ

冬の靄あぐる女豹の梓川

霜の夜は満鉄全史繙ける

顔摑み寝ねて霜夜の銀河の尾

群《むら》肝《ぎも》をよこたへ綿と化す霜夜

つぶやきの闇の底方へ寒土用

息の根の暁冷に珠なせり
鬼瓦忿怒は笑ふごと温し

比丘尼ゐて若布拾ひのはかどるよ

熱き湯に入り目覚めたる僧自恣日《じしび》

見すかされ行者蒜根付かざり

若き日に　一句

坊津のいかづちに死にそこねたる

蔓荊《はまごう》の踏み躙られし拉致の浜

新刊の初荷の積まれここ湊

初仕事歯の穴へ舌ゆきたがる

フォークより箸の歳月花の内

幹に雪はりつき雪の巣が母郷

御《ご》判《はん》頂《ちよう》戴《だい》並びて受けて十勝人

御判頂戴＝善光寺の新年行事

家は地にひたすら根付き寒に入る

疾《と》うに魂去りし凍蟹神のもの

立春や戦火のがれし萱鼠

鶯の乱声ウクライナを救へ
ゴルバチョフいづこ囀とどけたし

ロシアの学生の講義の終りに

いつか春ノヴォシビルスク大学生

沢蟹の巨石をぐいと押して春

文旦の腸に指入れ齢よき

逝きしひと声から忘れ鳥曇

花片を地に敷き詰めて九《く》相《そう》絵図

三鬼の葉山

海苔篊や蕩尽の日の沈まんと

連合赤軍あさま山荘事件担当検事のちに弁護士古畑恒雄先生へ

受刑者を救ふ半生島四国

あをだもの花や頭蓋のぴきと鳴る

軽井沢大賀ホール「運命」を聴く

青柚から青柚へしづく戦絶て

赤《あか》雪《ゆき》が降る侵さるゝ夢ばかり

赤雪＝黄砂に染まった雪

帰らざる日よ寝室に登山杖

国境に寝ねし白夜のリュートの音

麦熟《う》らし鳴き立て麦穂火が付くよ

菱殖ゆる音ききに来よここ信濃

八十年は道草といふ薄暑

木《この》暮《くれ》や葉守の神の午睡中

胡瓜の棘茄子の蔕噫《ああ》ウクライナ

生きたいと幼泣き出す地下酷暑

恵《え》古《ご》練《ねり》を盆に供へて海の裔

恵古練＝海藻の寄せ物

茄子の馬仏とどけて芥の身

ドイツからの帰省少年

圭佑がSchone Reise《よいたびを》と茄子の馬

汗かきの卵ラッシュの冷蔵庫

悼・小学校恩師若林雄一郎先生

野球ボールはじめて摑みたる九月

虫の音の干戈ぶつけてゐるごとし

母さがしあぐねし虫の急《せ》くこゑか

虫の音の引く垂線の錯雑よ

謝・吉沢清先生、大久保石匠

秋の谷黒《こつ》光《こう》真《ま》石《いし》句碑に借り

遷幸八百年

蟖座を見よと流され後鳥羽院

飯山正受庵

障子張り正受老人待ちくれし

山蘿蔔《まつむしそう》尽《すが》るるとしも音立てず

妻が採りし白根葵の種の量

悼・一志貴美子さん

なきがらの氷塊に夫号泣す

シベリアを語らず木馬《きんま》曳きの冬

V　大江健三郎追想

二〇二三年

あらたまの年の塩壺充たしたり

飴市の飴のおたふく泣いてゐる

嫁叩雪嶺みがきあげらるる

大寒の直方体の山気かな

地下鉄の暗渠を渡る春隣

不戦の誓ひ鳥の巣に手がとどき

マン・レイ展磯《そ》馴《なれ》松《まつ》の葉冷えてきし

娼婦キキの背中が春のバイオリン

八百年揚げつづけたる隠岐の凧

土が降る菅江真澄の釜井庵

塩尻市本洗馬《もとせば》

黄砂降る降る東洋の凹溜《くぼったま》

遠ちに朋ぱたぱた仆れ垣結はず

兜太嵐龍太花冷え杏子の死

悼・黒田杏子

黄泉からの電話来るはず花巡礼

筑豊のセツルメントが花のとき

セツルメント＝生活向上にむけての社会運動

出雲崎尼瀬老舗の花の菓子

大江健三郎追想　八句

芽ぶき靄深し大江の眼光よ

憲法の日や人骨を洗ひをり

バードウイーク大江光の鳥の曲

ギー兄さんは柳田國男父の日よ

尾崎真理子『大江健三郎の「義」』

妖怪の夏へ怖がる子が花客《おとくい》

うそつきを烏滸《おこ》とたたへて夏来たる

旅立ちの大江は鶴の羽根帽子
蜃楼《かいやぐら》わが青春の大江ゐる

足の爪切るに抉りつ丑湯治

句碑建立（五月二十一日）

句碑は鯨潮吹きあぐる新樹海

碑に小鳥のいのち借り申す

胡麻《ごま》汚《よごし》とて一握の金漆樹《こしあぶら》

ヨーロッパとは血の色の茱萸の菓子

自祝「岳」半世紀へ

六月の梢を仰ぎて桐の花

晴れ厚き日の葡萄蔓走り出す

皮剝かれ蕗の涅槃に入るごとし

葱の畝はこべ除きは風仕事

悼・大石悦子

青葭原一期のケルン積みたかり

悼・畏友伴野敬一兄

次の世へ語り残せば花菖蒲

かたつむりけふ戦前といふなかれ

虎鶫ピアノの脚に触れ冷た
幣《みてぐら》の礁に置かれ祭終ふ

七月の朝はビロード松本は
なまぬるし諏訪湖へ入る夏至の川

流鏑馬の的は草束穂屋祭

北斎の眼　五句

白髪太夫北斎いつも血の眼

かぶりつく夏の波濤を見据ゑゐる

妖怪家族ぺんぺん草が実をとばす

ばけものは煙管咥へて蚊帳の中

赤富士の滾るマグマを身にひしと

山《やま》叺《かます》人類といふボヘミアン

千曲市桑原山龍洞院

玉虫のひと筋の朱に土黙す

大叔父宮坂栄一（「白樺」最後の編集者）

伊勢湾へ遺灰を撒けと巴里祭

潜水の足ひれ二日日陰干し

自分が何処の何者であるかは、先祖たちに起こった
厄災を我身内に負うことではないのか　（古井由吉「遺稿」）

古井由吉よ踏切の立葵

隠岐　三句

秋深し角突き牛の力尽き

夜も家の中透け見ゆる秋の隠岐

月明にのこる青空黒木御所

雀らも飛ぶより転《ま》ろぶ山の盆

軍艦の行き来八月海の創

悼・医療社会学者立岩真也

佐渡一の男銀河も弱者のもの

秋の幹百年後の日射しかな

賢治忌へあけづ・けろけろ・かがみっちょ

あけづ＝とんぼ、かがみっちょ＝とかげの方言

鉄に鉄付ける鍛冶の九月かな

刀匠宮入法廣

青穂田をかさねて佐久や一遍忌

悼・宮地良彦先生

飛鳥寺の文鎮たまひたる晩夏

伊豆高原　四句

大室山の秋の嫩草褥なす

流さるるほどの咎なき鰯かな

吊橋の向かうに秋の象さがす

日蓮の立ちし組岩の冬

松本市梓・金井勝代家

桃吹くと雀踊もうれしさう

戦争が立たぬ縁側ぬくとしよ

地《ぢ》縛《しばり》の伸ぶる真冬のちからこそ

あとがき

『佐佐木信綱と短歌の百年』（角川書店・二〇二三・九）を読み、著者三枝昂之氏の「近代以降の短歌百年を〈自我の詩〉や〈写生〉という自己表現の尺度で括っていいのか」という短歌史への問題提起に衝撃に近い思いを抱いた。私が俳句史ではなく、自分の作品に近年つねに気になり出していたのはこの二つの点であった。

本句集には二〇一九（令和元）年から二〇二三（令和五）年までの三八八句を収めた。第十四句集にあたる。

「俳壇」からは八回連載の場を提供され、「俳句」では長年作品を依頼されてきた。主宰誌「岳」も創刊四十五周年を迎えた。その折々、多くの方々のお世話になった。それだけに思いも深い。

とりわけ、「松代地下壕」詠には戦争末期の個人的な思いがある。また「鑑真」詠は先年、鑑真の故郷揚州を見たい思いから急遽上海の旅に加えてもらった。鑑真の生涯こそわが生涯のもとより叶わない憧れである。

アイヌ民族に親近感をもつ。旭川へはいくたびか行く。北の大地は札幌、十勝、釧路とどこも限りなく惹かれる。

今回の出版に関しては、当初の連載の折の約束に従い、本阿弥書店にお願いをし、お世話になった。

表紙絵は画家いせひでこさんのわが菩提寺門前の松の大木を「千年」と題して描かれた傑作を使わせていただいた。煙るような歳月を彷彿と思い浮かべる。たいへんありがたい。中扉の玉虫は菩提寺での拾いものに感激し、カットに出させてもらった。本書の校正は「岳」編集長小林貴子さんに見ていただいた。皆さんにお礼を申し上げる。

二〇二四（令和六）年晩春

宮坂　静生

鑑真／初句索引

〔あ〕
アイヌ葱　99
静かな大地《アイヌモシリ》　98
あをだもの　163
青穂田を　209
青葭原　195
青柚から　164
皸の　93
赤富士の　201
赤雪が　164
秋の谷　173
秋の幹　207
秋深し　204
足の爪　191
飛鳥寺の　209
汗かきの　170
熱き湯に　152
アマビエの　109
飴市の　179
あらたまの　179
泡盛や　61
〔い〕
家の中　118
家は地に　157
イオマンテ　98
生きたいと　168
生きてゐる　63
息の根の　151
いくたびも羽音　12
いくたびも虹　78
碑に　192
石を切る　45
石割れば　45
伊勢海老の　92
伊勢湾へ　203
出雲崎　186
いつか春　160
いのちはも蛙軍　29
いのちはも家の　97
芋虫を　64
〔う〕
鶯の　159
牛層り　55
うしろから　78
臼つくる　91
臼になり　91
うそ寒き　75
うそつきを　189
団扇撒き　116
うちは撒き　141
優曇華の　56
優曇華や　66
魘さるゝ　53
海ゆかば　130
胡瓜《うり》の棘　168
売りものの　46
運転手　87
〔え〕
恵古練《えごねり》を　169
蝦夷梟　100
〔お〕
大戸閉むる　147
大室山の　210
押し絵雛　107
落鮎の　10
遠ちに朋　184
鬼瓦　151
お八日の　24
御僧の　135
〔か〕
海水に　132
蜃楼《かいやぐら》　190
帰らざる　165
帰るべき　72
顔摑み　149
貌鳥や　109
風音の　139
風音を　30

片蔭に　119
かたつむり　196
傍らに　17
かなしきは　58
かなしみや　106
かぶりつく　200
髪洗ふ　60
天牛の　65
刈敷や　36
枯るる　82
枯虎杖　97
枯山と　82
皮剥かれ　194
邯鄲や　66
岩礁の　136
鑑真に　134
鑑真も　140

〔き〕

ギー兄さんは　188
ぎしぎしや　39
木のこころ　22
木をよぎり　47
経文の　108
経文を　62
切岸を　67
銀河系からの　73
銀河系宇宙　144

〔く〕

空港へ　43
クープラン　43
草取りの　33
鎖もて　105
草を踏む　62
屑やお払ひ　56
句碑は鯨　191
九万疋《くまびき》を　70
蔵を引く　85
栗は踊子　74
クリムトも　42
狂ひたる　10
軍艦の　206
薫風に　137

〔け〕

圭佑が　170
桂林の　139
罌粟種子を　77
月明に　205
ケルン夕焼　12
玄関に　121
賢治忌へ　208
憲法の　187

〔こ〕

黄砂降る　184
口中は　36
黄落や　76
コーランを　41
故旧消え　104
国策と　38
故国まで　122
呱々の声　83
御座所とは　52
胡蝶蘭　144
国境に　165
今年酒　142
この谷の　35
木暮《このくれ》や　167
御判頂戴　157
牛蒡掘り　122
氷下魚焼き　111
胡麻汚《ごまよごし》　192
小諸まで　86
ゴルバチョフ　159
これからは　120
コロナウイルス　33
コロナ禍に　41
金堂の　141

〔さ〕

サーカスの　74
早降《はお》り日の　113
蠍座を　173
佐渡一の　207
沢蟹の　160
沢くるみ　46
山行の　11
傘寿とて　60

〔し〕
師系とや 39
猪罠が 31
滴りの 117
七月の 198
篠笛を 75
シベリアを 176
霜の夜は 149
射撃音 8
障子張り 174
招提寺 142
少年期 64
娼婦キキ 182
障壁画 138
書痴二月 95
寂聴の 143
十一月 143
受刑者を 163
春宵に 106
春濤に 25
春濤の 108
蟪蛄や 53
精霊ばつた 50
樹木葬 115
白髪太夫 199
深海に 136
新刊の 155
神鏡も 14
新米が 80

〔す〕
水光の 131
冷まじや 13
雀らも 206
滑莧《すべりひゆ》 57
硝山に 51
硝山を 51
頭を撫でて 94

〔せ〕
世界中 111
節分の 95
雪嶺に 94
浅春や 26
潜水の 203
戦争が立たぬ 212
前頭葉 147

〔そ〕
漱石の 16
象山地下壕 49
その前に 38
祖霊守る 7
孫文を 21

〔た〕
大寒の 180
大根車 81
大雪山の 11
体内の 71
瀧壺の 61
黄昏は 47
叩かれて 40
旅立ちの 190
たまきはる 135
玉虫の 202
誰彼の 32

〔ち〕
地下壕の 48
地下壕の滴り 49
地下壕を 50
地下鉄の 181
筑豊の 186
地縛《ぢしばり》の 213
ちちははの 59
地に蚯蚓 63

〔つ〕
次の世へ 196
土が降る 183
土塊の 29
つちふるや 27
つぶやきの 150
妻が採りし 175
紡ぎ織り 99
爪死んで 146
吊橋の 211

〔て〕
出熊穴 26
テーブルに 107
哲さんのこと 145
鉄材を 145
鉄に鉄 208
電柱も 35
天へのぼる 13

〔と〕
東京に 21
慟哭に 133
冬至粥 85
兜太嵐 185
疾うに魂 158
冬麗の 140
東征伝絵巻 129
道元の 117
堂照坊 79
どくろ描かれ 58
とつときの 25
どぶろくと 57
虎鶫 197
鳥の絵の 121

〔な〕
流さるる 210
なかにし礼よ 105
仲良くも 69
なきがらの 175
茄子の馬 169
夏念仏 40
夏の日に 9
棗煮て 72
なでしこや 54
なまぬるし 198
波のむた 92
なんといふ 52

〔に〕
二化螟虫 65
霓といふ 34
日蓮の 211
二月風廻《にんがちかじまーい》 133
人間に 120

〔ぬ〕
零余子童子 124

〔ね〕
葱坊主 110
葱の畝 195
寝冷えすな 44

〔の〕
納沙布《のさっぷ》へ 114
海苔篊や 162

〔は〕
バードウイーク 188
ばけものは 201
霾天に 104
南風にのる 7
掃溜菊 80
はじめから 110
馬術とは 70
八月の 48
八十年は 167
初明り 129
初仕事 155
初剃の 100
八百年 183
花片を 162
母さがし 172
母の日や 114
蔓荊《はまごう》の 154
鱧食べて 69
晴れ厚き 194
飯場とて 55
番町の 15

〔ひ〕
日が永し 23
菱殖ゆる 166
比丘尼ゐて 152
ひとり手を 76
百寿まで 118
広島へ 119
旻天や 15

妖怪の　189
揚州の　137
ヨーロッパ　193
嫁叩　180
黄泉からの　185
夜も家の　205
〔り〕
灘江漁火　138
リスボンの　112
栗鼠や鼯鼠　83
立春を　96
立春や　158
流木の　134
緑陰や　115
〔ろ〕
老残の　28
六月の　193
爐火継ぎて　73
〔わ〕
わが死後の　132
わが地球　86
わが賭して　131
わが遍路　102
忘るまじ　71
綿虫の　68
藁馬の　24

著者略歴

宮坂静生（みやさか・しずお）本名・敏夫
昭和十二（一九三七）年十一月四日長野県生まれ、俳誌「岳」（昭和五十三・創刊）主宰
句集『草魂』（角川書店　令和二・第三十六回詩歌文学館賞）ほか十二句集。
著書『子規秀句考』（明治書院　平成八）『俳句地貌論』（本阿弥書店　平成十五）『語りかける季語ゆるやかな日本』（岩波書店　平成十八・第五十八回読売文学賞（随筆紀行））『ゆたかなる季語こまやかな日本』（岩波書店　平成二十）『季語の誕生』（岩波新書　平成二十一）『季語体系の背景地貌季語探訪』（岩波書店　平成二十九）『俳句必携―1000句を楽しむ』（平凡社　令和元）『俳句鑑賞―1200句を楽しむ』（平凡社　令和五）『俳句表現　作者と風土・地貌を楽しむ』（平凡社　令和六）ほか。
第四十五回現代俳句協会賞、第十一回俳句四季大賞、第二十一回信毎賞、第十五回みなづき賞、第十九回現代俳句大賞など。
現代俳句協会特別顧問
〒三九九―〇〇二五　松本市寿台四―五―三

句集　鑑《がん》真《じん》

2024年 8 月 5 日　発行

定　価：3080円（本体2800円）⑩

著　者　宮坂　静生

発行者　奥田　洋子

発行所　本《ほん》阿《あ》弥《み》書店

東京都千代田区神田猿楽町2-1-8　三恵ビル　〒101-0064

電話　03(3294)7068(代)　振替　00100-5-164430

印刷・製本　三和印刷(株)

ISBN 978-4-7768-1688-1 (3404)　Printed in Japan